9,95

De avonturen van Joe Sherlock.
De zaak van de ondraaglijke stank

Juni '10

Oorspronkelijke titel: *Joe Sherlock, kid detective. Case # 000002*
The Neighborhood Stink
© 2006 by David J. Keane, HarperCollins Publishers
© 2010 Nederlandse vertaling Standaard Uitgeverij nv / Ketnet
Standaard Uitgeverij nv, Mechelsesteenweg 203, B-2018 Antwerpen
www.standaarduitgeverij.be
info@standaarduitgeverij.be

Vertaling: Emmy Middelbeek
Omslagontwerp: Artattack.be
Omslagillustratie: David J. Keane
Illustraties: David J. Keane
Vormgeving binnenwerk: Annemie Van den Eede

ISBN 978 90 02 23854 3
D/2010/0034/037
NUR 282

DE AVONTUREN VAN
JOE SHERLOCK

Zaak # 00002

De zaak van de ondraaglijke stank

Standaard Uitgeverij

Inhoudsopgave

Hoofdstuk een

Het geheimzinnige kind

Mijn naam is Joe Sherlock.

Maar iedereen noemt me altijd Sherlock, zelfs mijn eigen ouders. Het klinkt gek, maar mijn zusje wist eerst niet eens dat ik ook Joe heette. Dat ontdekte ze pas toen ze al bijna zes jaar was.

Het komt trouwens heel goed uit dat ik Sherlock genoemd word.

Waarom? Wel, er zijn heel wat oude boeken geschreven

over een vent die Sherlock Holmes heet. Hij rookte een pijp, droeg een malle hoed en loste mysteries op alsof het niets was. Ik heb nooit zo'n boek gelezen, maar ik heb wel heel veel films over die man gezien. Hij is min of meer mijn held. We heten bijna hetzelfde – behalve dan Joe en behalve dan Holmes. En net als de grote Sherlock Holmes ben ik geboren met een natuurlijk talent om mysteries op te lossen.

Er zijn kinderen van mijn leeftijd die piano spelen. Of met één karateslag een plank doormidden slaan. Of er elke dag aan denken hun bed op te maken. Ik niet. In de verste verte niet. Maar ik kan bijna alles terugvinden dat zoekgeraakt is. Ik heb het antwoord op een raadsel meestal veel eerder dan volwassenen gevonden. En ik ben gewoon dol op een goed mysterie.

Maar begrijp me niet verkeerd. Ik ben geen genie. Eigenlijk ben ik op school vrij ondermaats. Juffrouw Babbelboom, mijn onderwijzeres, heeft een keer tegen mijn ouders gezegd dat ik 'het niet helemaal bij kan houden', en dat is eigenlijk een aardige manier om te zeggen 'uw kind is een uilskuiken'. Maar dat vind ik prima. Ik ben geboren met een talent.

Soms krijg ik een beetje hulp van mijn zusje, Flore. Ze is een soort van assistente. Eigenlijk is ze een naar kreng, dus moet ik er behoorlijk voor opletten dat ze er geen puinhoop van maakt. Ze komt er nogal eens ongevraagd bij. Maar eerlijk is eerlijk: ze ziet soms dingen die ik heb gemist... dat komt meestal omdat ze veel kleiner is dan ik.

Nu ja, ik zal je niet langer in spanning houden. Leun lekker achterover. Ontspan en stap met mij in mijn tweede officiële zaak als privédetective: zaak nr. 000002.

Hoofdstuk twee

Er zit een luchtje aan

Ik zit in mijn kamer en kijk naar een film over Sherlock Holmes wanneer ik de voordeurbel hoor gaan.

'Is uw zoon Sherlock thuis?' hoor ik mevrouw Depeuter, de buurvrouw, aan mijn moeder vragen.

'Jazeker, mevrouw Depeuter', antwoordt mijn moeder.

'Komt u binnen.'

Mevrouw Depeuter woont tegenover ons. Haar man reist

de wereld rond met plastic tandwieltjes, gereedschap en andere rotzooi, op zoek naar mensen die dat nodig hebben. Dus heeft mevrouw Depeuter heel veel tijd om in haar tuin te werken. Haar tuin is een keurig geschoren kunstwerk, omringd door een hek van witte paaltjes en verboden terrein voor iedereen.

'Heeft Sherlock weer een raam gebroken?' vraagt mijn moeder.

Mijn hart bonst in mijn keel. Niet omdat ik denk dat dit misschien mijn tweede officiële zaak gaat worden, maar omdat ik niet weet of mevrouw Depeuter weet dat ik haar keukenraam heb ingekegeld. Verdraaid zeg, dat is een eeuwigheid geleden en mijn moeder begint er weer over!

'Nee, beslist niet', zegt mevrouw Depeuter. 'Maar de laatste dagen ligt er steeds een vreemde drol op het gras in de voortuin. En dat terwijl er toch een hek omheen staat.'

'Denkt u dat Sherlock in uw tuin poept?' Mijn moeder snakt naar adem.

Ik moet bijna overgeven. Mijn hoofd begint te tollen. Ik sta op het punt de achterdeur uit te hollen en nooit meer

terug te komen... maar dan hoor ik mevrouw Depeuter
zeggen: 'Oh, nee, nee, echt niet. Ik wil alleen weten
wiens hond daarvoor verantwoordelijk is. Ik wil dat het
uitgezocht wordt! We weten in de buurt allemaal dat uw
Sherlock zo goed problemen kan oplossen. Ik hoop echt
dat hij me kan helpen om die straathond te pakken.'
Oef! Ik dacht juist dat ik ervan werd
beschuldigd een onbekende
drollenlegger te zijn... maar
nu weet ik dat het gaat om
een mysterie dat opgelost
moet worden. En zoals ik al
zei: ik ben dol op een goed
mysterie.

Hoofdstuk drie

Mevrouw Depeuter legt het uit

Mevrouw Depeuter fluit als een badeendje als ze ademhaalt en ze maakt luide rammelende geluiden met haar tanden. Als ik haar poepmysterie heb opgelost, vraagt ze misschien wel om uit te zoeken waarom ze zoveel kabaal maakt. Maar op dit moment richt ik me op het gesprek.

'Goedemiddag, mevrouw Depeuter. Wat is het probleem?'
vraag ik en ik doe heel erg mijn best om net zo te
klinken als Sherlock Holmes.

'Er is een geheimzinnige drollenlegger en ik wil dat de
schuldige wordt opgepakt!' piept en rammelt ze.

'Interessant', zeg ik omdat ik niet zo goed weet wat ik
anders moet zeggen. Ik wacht tot ze er nog iets aan
toevoegt, maar ze vult de pijnlijke stilte alleen maar met
een voortdurend, kirrend gepiep.

'Misschien is het uw eigen hond, mevrouw Depeuter',
zeg ik schouderophalend. 'Kan Bengel misschien degene
zijn die in uw tuin poept?'

Op het moment dat ik het zeg, weet ik dat ik een fout
maak. Mevrouw Depeuter kijkt me aan alsof ik haar
bij de keel gepakt heb om er een rubberen eendje uit
te halen.

'N-natuurlijk n-niet', stottert ze. 'Bengel... Bengel mag
helemaal niet in de voortuin komen. Alleen maar in de
achtertuin. Ik ben de enige die in de voortuin mag komen!'

'Goed', zeg ik schor. 'Ik wil dit mysterie voor u tot op de
bodem uitzoeken. Mijn tarief is tien euro per dag... plus
onkosten.'

'Prima. Ik wil dat je nu meteen begint', zegt ze en ze staat op. 'Ik wil dat deze onaangename situatie vanavond nog opgelost wordt.'

'Natuurlijk', zeg ik, terwijl ik niet kan geloven dat ze 'ja' heeft gezegd op die tien euro. 'Ik ben er over een paar minuten.'

'Prima', rammelt mevrouw Depeuter. Ik doe de deur dicht, terwijl zij over het tuinpad wegkleppert als een op hol geslagen paard.

'Het spel gaat beginnen', fluister ik, want zoiets zei meneer Sherlock Holmes altijd als hij een nieuwe zaak had.

Bengel
bewoner van de achtertuin!

Hoofdstuk vier

Het verzamelen van bewijs

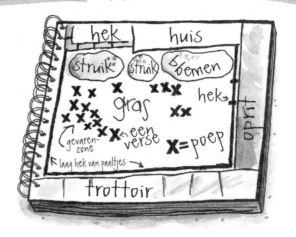

'Het lijkt hier wel een poepfabriek!' roept mijn zusje uit. 'Dank je voor die scherpe waarneming, Flore', mompel ik. Mevrouw Depeuter is net handenwringend haar huis binnengewaggeld. Ze rammelde ondertussen iets over de boeven die haar gazon verontreinigen. Ik moet het toegeven: als je door de hondenpoep heen kijkt, is haar grasveld een bijzonder compliment waard. Het is een glad, groen tapijt.

'Ik moet een plattegrond maken van het bewijs en het terrein', zeg ik en haal mijn schetsblok tevoorschijn.
'Oh, net als een schatkaart voor vliegen?' giechelt mijn zusje.
Als je het nog niet wist: mijn zusje Flore heeft

een bijzonder talent om me gek te maken.

'Of je het nu leuk vindt of niet, Flore, dit is bewijs', leg ik uit. 'Het juist vastleggen van bewijsmateriaal is een belangrijk hulpmiddel voor een succesvolle detective.'

'Ik zie dat je al wat bewijsmateriaal aan de onderkant van je schoen hebt verzameld', zegt ze en ze begint keihard te lachen.

'Oh, dat is een verse!' zeg ik luchtig en doe mijn uiterste best om niet meteen naar het prachtige grasveld van mevrouw Depeuter te spurten.

'Oh jeetje... wat goor!' merkt Flore al giechelend en snuivend op. Ze geniet zichtbaar van deze misstap in mijn onderzoek.

'Flore, ga naar huis en haal een paar andere schoenen voor me', grom ik tussen mijn opeengeklemde kaken door. 'Natuurlijk, meneer de Grote Detective!' zegt ze en salueert. Daarna holt ze terug naar ons huis, luid roepend 'Poepalarm! Poepalarm!'

Dan doe ik mijn eerste vaststelling in deze zaak: al het bewijs lijkt afkomstig van een kleine hond, maar het hek rond de tuin is minstens negentig centimeter hoog. Daar kan een klein hondje nooit overheen springen. 'Het spel is zeker begonnen', fluister ik terwijl ik de onderkant van mijn schoen langs de stoeprand haal.

'Wat vind je hiervan, Sherlock?' roept Flore vanaf onze voordeur. Ze gooit een paar oude roze balletschoenen op het pad naar de voordeur. Ze giert het uit van de pret en gooit de deur met een vaart dicht, zodat mijn tanden rammelen in mijn tandvlees. 'Tjonge, dat noemt zich dan assistente', zeg ik hoofdschuddend.

Hoofdstuk vijf

Hulp in huis

'Wat weet jij eigenlijk over hondenpoep?' vraag ik aan mijn oudste zus Petra, die boven haar huiswerk zit te suffen.
Ik moet hier wel zeggen dat niet elke beslissing van een jonge detective altijd juist is. De beslissing om hulp te

vragen aan vrienden en familie, is soms wel een verkeerde...

'Wâ?' doet Petra nors. Ze kijkt me aan met open mond en haar ogen een beetje naar achteren gerold. Ik weet nooit zo goed wat die blik betekent, zeker niet omdat ze erbij kijkt alsof het haar niets interesseert wat er om haar heen gebeurt. 'Oh, daar heb je de drollenvanger', snauwt ze dan. 'Mama heeft me alles verteld over die grote zaak. Als je het lef hebt om er op school iets over te zeggen, vermoord ik je. En nu wegwezen, inspecteur Kluns.'

'Dank je wel, hoor, voor je lieve woorden en je steun', zeg ik terwijl ik de deur dichtdoe. Als je iets aardigs zegt terwijl je eigenlijk iets lelijks bedoelt, heet dat sarcasme. Mijn beste vriend, Eddie Peeters, heeft me dat trucje geleerd en Petra wordt er razend van.

Mijn volgende fout is dat ik mijn moeder om hulp vraag. Mijn moeder past op kamerplanten voor andere mensen. Ze voert haar bedrijf vanuit onze woonkamer, die altijd volstaat met vreemde planten uit de hele buurt. Ze praat tegen die planten. Als Eddie hier is, schrikt hij er altijd van. 'Mam, heb je de laatste tijd hier nog vreemde honden gezien?' vraag ik. Ze zit te bellen met de zenuwachtige eigenaar van een zieke orchidee. Terwijl ze praat, bespuit ze mijn haar met haar plantensproeier en kamt het met haar vingers in het sullige model van mijn vader. Nu lijk ik meer op een zenuwachtige kabouter dan op een privé-detective. Ik ga maar snel de kamer uit.

Mijn vader zit aan de keukentafel en probeert een achterstand aan papierwerk weg te werken. Hij is een heel goede verzekeringsdeskundige, wat een andere manier is om te zeggen dat hij de hele dag zit te rommelen in papieren op zijn bureau. Soms dwarrelen die papieren helemaal naar de keukentafel.

'Pap, wat is jouw ervaring met hondenpoep?' vraag ik met plechtige stem.

Nadat hij me een poosje dwaas aangestaard heeft, zegt hij: 'Sherlock, heb je er wel eens over nagedacht om aan sport te gaan doen? Frisse lucht en beweging zijn misschien wel goed voor je.'

'Laat maar', mompel ik.

Wanneer mijn moeder de hoorn neerlegt, bel ik Eddie op. Misschien heeft hij wel tijd om me te helpen met de zaak.

'Nee, echt niet', zegt Eddie. 'Ik moet televisiekijken.'

'Je hoeft helemaal geen televisie te kijken, Eddie', zeg ik. 'Je kunt best hier komen. Dan kijk je televisie als de zaak afgerond is.'

'Ik moet samen met mijn oma naar een documentaire over vliegende eekhoorns kijken. Daarna mag ik weer gamen', zegt Eddie afwezig, omdat hij ondertussen naar de vliegende eekhoorns zit te kijken.

'Nou, bedankt voor je hulp, je bent een echte vriend', zeg ik.

'Je sarcasme wordt steeds beter', zegt hij. 'Hé oma, zag u die domme eekhoorn? Hij miste de boom! Eh... tot later, Sherlock.'

'Tot later', zeg ik en ik leg de hoorn neer. Eddie is mijn beste vriend, maar hij is wel ongelooflijk lui voor iemand van zijn leeftijd.

Wanneer ik zie dat Flore naar diezelfde documentaire over vliegende eekhoorns kijkt, zucht ik als een trein die

tot stilstand komt en al zijn stoom laat
ontsnappen. 'Dit is een zaak die ik alleen zal moeten oplossen',
zeg ik tegen niemand in het
bijzonder. En voordat ik de
voordeur uitga, doe ik het
allerbelangrijkste wat een
detective moet doen om een
misdaad op te lossen...

Hoofdstuk zes

De ongewone verdachten

In detectivefilms maakt de hoofdrolspeler altijd een lijst van mensen van wie hij denkt dat ze de misdaad hebben gepleegd. Daarna streept hij steeds namen van die lijst weg. Dat is een goed idee omdat de kijkers daardoor mee kunnen denken.

Hier zit een luchtje aan!

Mogelijke daders

Zwerver: de hond van Van Casteren is heel groot en maakt heel veel lawaai.

Wie? Ik?

Kiekeboe: ziet eruit als een ijskoude rat. Ogen 8 keer te groot voor zijn kop.

Oef!

Fidel: oud. Heel oud! Stokoud! Heeft waarschijnlijk niet de energie om helemaal daar te gaan poepen.

hond met baard

Hajo: de nieuwe hond van Knop komt uit een land waar vampiers zijn uitgevonden! Groter dan een koe.

Fred: misschien wel de ergste naam voor een hond! Dit beest blaft nooit!

Snoopy: de hond van Lombaert loopt een aantal keren per week weg. Snoopy de poepie?

Midden-in!

Ted: De op een na ergste naam voor een hond. Het lijkt wel of die platte kop een dreun met de koekenpan heeft gehad.

Bam!

Ik maak mijn eerste lijst van verdachten door gewoon alle honden uit de buurt op te schrijven.

Ik kijk de lijst door tot ik tevreden ben, omdat alle verdachten erop staan. Ik voel me al een stuk beter, hoewel de tijd dringt... Als ik het mysterie van de poepende hond voor het avondeten heb opgelost, ben ik alweer tien euro rijker. Joehoe!

Hoofdstuk zeven

Verdachte numero uno

'Wilt u hier eens goed naar kijken?' vraag ik en ik geef meneer Van Casteren de foto van een vers bewijsstuk. 'Neem vooral de tijd', zeg ik. Ondertussen kijk ik aandachtig of er tekenen van schuld op zijn gezicht verschijnen. Hij staat in de deuropening met een vreemde uitdrukking op zijn gezicht.

Ik heb (zonder het te vragen natuurlijk) het *For Girls Only-*

fotoapparaat van Flore geleend
en een paar goede opnamen
van het bewijs gemaakt.
De camera is roze en er zitten stickers met bloemen
op, maar hij levert echt wel
goede foto's. (Ik heb bedacht dat
ik beter een foto kan nemen dan dat ik
probeer om de drol in een plastic zakje te
schuiven.) Een goede detective moet altijd proberen het
bewijs te bewaren. En als hij kan voorkomen dat het
bewijs verplaatst wordt, is dat altijd beter.
'Het ziet eruit als hondenpoep', vindt meneer Van Casteren
alleen maar en kijkt met diezelfde vreemde uitdrukking
op zijn gezicht het huis in. Ondertussen staat die enorme
hond van hem achter het hek te blaffen als een
uitgehongerde olifant.
'Ben jij er niet een van Sherlock?' vraagt hij, terwijl hij
zijn ogen tot spleetjes knijpt. 'Eh, ik snap de grap niet
helemaal, maar we zitten te kijken naar een verdraaid
goede documentaire over vliegende eekhoorns. Probeer
je die foto's te verkopen om wat bij te verdienen of zo?'

'Er is een hond die dit heeft achtergelaten op het grasveld van mevrouw Depeuter', vertel ik hem en ik bedenk dat het wel een geweldige documentaire moet zijn dat de halve wereld er opeens naar zit te kijken. Ik kom snel terzake. 'Zou dit van Zwerver kunnen zijn, meneer Van Casteren?'

'Jongen, Zwerver produceert wel een beetje meer dan dit dingetje!' lacht hij en geeft me de foto terug. 'Zwerver weegt meer dan 120 kilo. Je kunt beter op zoek gaan naar een bever of een duif of zo', zegt hij en met een klap gooit hij de deur dicht. 'Een bever?' zeg ik tegen niemand. 'We hebben niet

eens bevers hier. En een duif die zoiets produceert, moet wel de afmetingen van een magnetron hebben.'

Zucht. Mijn tweede officiële zaak komt beslist maar heel traag op gang. Ik ga op de rand van de stoep zitten en pak mijn lijst met verdachten. Ik moet een aantal verdachten wegstrepen als ik dit mysterie voor het avondeten opgelost wil hebben. Ik neem een roze *For Girls Only*-markeerpen (die ik ook heb geleend zonder het te vragen) en streep Zwerver, Hajo (te groot) en de bejaarde Fidel (te oud) weg. 'Dan blijven er vier verdachten over', zeg ik – net op het moment dat iemand zijn vrachtwagen met een klap door het hek van Van Casteren stuurt!

Hoofdstuk acht

Hollen!

Ik spring overeind en kijk over mijn schouder. Ik ben opgelucht en in paniek tegelijk wanneer het tot me doordringt dat er geen vrachtwagen door het hek achter me is gedaverd. Het is namelijk Zwerver! Zijn kop ter grootte van een strandbal en zijn poten met de afmetingen van een flink brood hangen over het hek... en de rest van zijn lijf doet zijn uiterste best om ook over het hek te komen!

32

Ik zal nooit weten of het hem gaat lukken, want ik ben al vier huizen verder voordat ik begin te roepen.

Misschien is het niet zo'n heel dappere reactie van een detective, maar als je op het punt staat een sappige hondentraktatie te worden, zijn er een paar mogelijkheden. Heel even denk ik aan alles wat er van me zou overblijven: mijn rechterschoen, mijn lijst van verdachten en een verdacht uitziende *For Girls Only*-pen.

Terwijl ik hijgend en puffend verder ploeter, denk ik heel even dat ik misschien meer talent heb als hardloper dan als detective... maar dan bedenk ik dat deze ongelooflijke snelheid voor 83 procent voortkomt uit pure angst. Twaalf procent is ingegeven door de drang om dit mysterie op te lossen en vijf procent door de wens om niet te laat te komen voor een flinke portie van de spaghetti die mijn moeder gemaakt heeft.

Uiteindelijk val ik uitgeput neer in de voortuin van Meulemaeker. Even op adem komen! Als ik nog verder ren, zal ik beslist de zeven boterhammen uitspugen die ik als ontbijt heb gehad. En meneer en mevrouw Meulemaeker zijn toevallig wel de baasjes van Kiekeboe, een van de overgebleven verdachten van mijn lijst.

Na wat zo ongeveer 53 minuten lijkt, wordt mijn ademhaling weer normaal en wankel ik naar de voordeur van de Meulemaekers.

Hoofdstuk negen

Blaffende honden...

Meneer en mevrouw Meulemaeker zijn een vreemd stel:
ze zijn heel vriendelijk en aardig en altijd erg beleefd.
Ze zijn soms ook een paar weken weg. Dat maakt dat de
buurt over hen roddelt met veel gefluister en tss's.
Eddie vermoedt dat de familie Meulemaeker van de
planeet Uranus komt en af en toe een paar weken op
aarde is om te zien wat er op de televisie is.

Ik denk echter dat Eddie gewoon heel graag Uranus
zegt en elke gelegenheid aangrijpt om het te zeggen.
Iedereen bij ons op school vindt Eddie supersupergrappig.
Zijn grootste grappen zijn dat hij de hele tijd Uranus zegt,
dat hij heel luide scheetgeluiden maakt als het doodstil is
en dat hij het volkslied kan spelen met zijn oksel. En als
hij echt op gang is, kan hij het alfabet boeren tot en met
de letter R. Ha ha ha. Ik kan ook best grappig zijn, maar
niemand hoort mijn beste grappen door al dat kabaal
met die oksel.

Voor ik bij de deur ben, begint Kiekeboe al te blaffen
als een wild dier in zakformaat. Ik sta stil en schud mijn
hoofd. Die hond is gek! Hij is niet
groter dan een blik soep en hij
ziet eruit alsof hij al breekt als
je alleen maar naar hem kijkt.
Laat Kiekeboe vechten met
een salamander en ik denk dat
de salamander wint!

'Rustig, Kiekeboe, rustig, jongen. Straks
rollen je ogen nog over de vloer als knikkers!' roep ik bij
de deur.

Misschien had ik beter niet zijn naam gebruikt, want daardoor lijkt Kiekeboe alleen maar wilder te worden. Misschien zijn meneer en

mevrouw Meulemaeker al weken geleden weggegaan en hebben ze geen eten achtergelaten voor hun blik soep. Misschien zijn zijn ogen er al uitgerold en houdt hij daarom zo'n blafmarathon. Misschien is Kiekeboe aangevallen door een muis die groter is dan hij.

Wat de reden ook is; er zijn twee dingen heel duidelijk. 1. De familie Meulemaeker is niet huis en 2. hun anti-inbraakalarm is aan vervanging toe.

'Het spijt me, Kiekeboe', roep ik door de deur. 'Ik ga wel weer.' Terwijl ik achteruit wegloop en me verbaas over het enorme gekef, vraag ik me af of iemand van mijn leeftijd naar de gevangenis kan worden gestuurd omdat hij de hond van de buren blind gemaakt heeft.

Maar mijn zorgen over een langdurig verblijf in de

gevangenis worden onderbroken door een diepe stem achter me...

'Beweeg je niet, Sherlock, want anders zal deze hond zeker aanvallen!'

Hoofdstuk tien

Je beste vriend?

Ik bereid me voor op het ergste en knijp mijn billen zo hard tegen elkaar, dat ik er een walnoot tussen zou kunnen kraken.

Er zullen wel veel ergere dingen in de wereld zijn dan wachten op een hond die je van achteren aanvalt, maar ik weet niet wat dat zou kunnen zijn. Ik heb wel eens gehoord dat je bloed ijskoud wordt als je echt heel bang

bent, maar zo voelt het niet. Ik heb meer het gevoel dat
mijn hersenen in mijn lijf zakken en daar vast komen te
zitten tussen mijn longen en mijn blaas.

Ik kan niet denken. Ik kan niet lopen. En, het spijt me dat
ik het moet zeggen: ik slaak zelfs een klein angstkreetje.
Dan hoor ik een vreemd snurkend geluid. Als ik mijn
hoofd omdraai, klaar om Zwervers hoektanden te voelen,
kijk ik recht in... het gezicht van Eddie! Daar staat Eddie
en hij lacht gewoon met zijn valse, diepe stem.

'Waar is de hond?' piep ik weer en ik kijk wild rond.'Ik
maakte maar een grapje', zegt Eddie en schudt zijn
hoofd.

'Wil je dat nooit meer doen!' snauw ik hem toe.

'Goed, goed! Je moet niet zo overgevoelig doen, mietje', snuift hij.

'Mijn tweede zaak wil maar niet lukken!' roep ik uit.

'En het wordt alleen maar erger!'

'Man, Sherlock! Vergeet die stomme zaak. Ga lekker mee naar mijn huis, dan kunnen we gamen', zegt hij.

'Ik dacht dat jij *Wraak in Venetië!* zou gaan doen als je oma eindelijk die geweldige eekhoornfilm had gezien', zeg ik en ik probeer mijn ademhaling te regelen.

'Dat was ook het plan,' mompelt hij, 'maar de film daarna ging over brulkikkers met drie poten en dat vond mijn oma geweldig. Dus sta ik hier met mijn beste game, maar er is niemand die met me mee wil doen.'

Hij trekt het spel uit zijn rugzak om te bewijzen dat het echt waar is.

Als je dat nog niet wist: er is maar één ding dat Eddie nog liever doet dan televisiekijken, en dat is zijn videogame *Wraak in Venetië!* In dat spel hol je rond in die ondergelopen stad. Je springt van de ene gondel in de andere, terwijl je probeert een gemene kikker te vangen en te voorkomen dat de stad helemaal onder

water komt te staan. Hoe goed ik het ook probeer, ik val altijd in dat smerige water en word dan levend opgegeten door een enorm dier in een schelp, die luistert naar de naam Bernie. Eddie is dol op *Wraak in Venetië!* omdat niemand hem kan verslaan, maar ik denk dat zijn hersens stilaan aan het afsterven zijn door dat spel.

'Laat dat stomme spel en help mij alsjeblieft met mijn zaak', smeek ik. 'Ik krijg tien euro als ik dit oplos. Dan krijg jij de helft.'

'Dat klinkt alsof ik bij heel veel mensen aan moet bellen, over hekken moet springen en moet zoeken naar aanwijzingen, dus dat gaat niet gebeuren', zegt hij en hij pakt zijn rugzak weer. 'Klink nogal saai.'

'Wat zeg je? Kom op, Eddie, ik kan wel wat hulp gebruiken', roep ik.

'Morgen misschien', zegt hij over zijn schouder, terwijl hij al op weg is naar huis.

'Ga maar vlug, anders mis je misschien die film over de Zuidoost-Aziatische geelbuikkuikens zonder ruggengraat!' roep ik hem achterna, maar ik denk dat hij me al niet meer hoort.

Eén ding is zeker. Je krijgt behoorlijke hoofdpijn van speurwerk.

En het zou allemaal nog veel pijnlijker worden...

Hoofdstuk elf

De drollenlegger slaat weer toe

'Sherlock, mevrouw Depeuter is aan de telefoon', zegt mijn moeder wanneer ik door de voordeur stap.

'Hallo, mevrouw Depeuter', zeg ik als ik de telefoon van mijn moeder heb overgenomen.

'Het spijt me dat ik je stoor in je middagslaapje, meneer Losbol van Nietsnut!' piept en rammelt ze aan de andere kant van de lijn.

'Middagslaapje?' zeg ik. 'Welk middagslaapje?'
'Terwijl jij lag te snurken in je lekkere bedje, is er weer
een dampend bewijs op mijn prachtige grasveld
gedeponeerd', roept ze verontwaardigd.
'I-ik lag niet te slapen', sputter ik en ik haal mijn lijst van
verdachten tevoorschijn. 'Ik heb verdachten afgevinkt.'
'Terwijl jij verdachten afvinkte, heeft de ware schuldige
zijn kans schoon gezien. Nu ja, schoon...' gromt ze.
'Ik ben niet zo tevreden over de resultaten tot nu toe.'
'Het spijt me, mevrouw Depeuter', zeg ik. 'Ik zal het
mormel pakken voordat we gaan eten. Nu ben ik van
plan om...'
'Dat begint erop te lijken, Sherlock', zegt ze en ze hangt
op.
'Eh... prima, mevrouw Depeuter', zeg ik in de stille
hoorn, zodat mijn moeder niet weet dat mevrouw
Depeuter zomaar opgehangen heeft. 'Tot straks dan
maar.'
Ik kan me niet herinneren dat iemand ooit zomaar de
telefoon heeft neergekwakt in een van de films met
Sherlock Holmes. Maar ik denk eigenlijk dat ze toen nog
geen telefoons hadden. Zijn oude huishoudster bracht

altijd briefjes op een zilveren dienblaadje. Misschien moet ik ook een huishoudster hebben. Ik ben al in verse hondenpoep getrapt, genegeerd door mijn familieleden, bijna opgegeten door een hond van 200 kilo – en ik heb misschien een hond in zakformaat blind gemaakt. Oh ja, en mijn beste vriend heeft me de stuipen op het lijf gejaagd.

Sherlock Holmes zou ondertussen gillend het huis uitgelopen zijn. Maar ik niet. Ik ben zo koppig als een ezel. En ik moet nog altijd mijn strepen als detective verdienen, vooral als ik ooit een huishoud-ster met een zilveren dienblad wil hebben.

'Klaar, baas', zegt mijn kleine zusje, dat plotseling de kamer binnenstapt. Ze draagt een veiligheidsbril, een badmuts, een regenjas, rubberen laarzen en gele huishoudhandschoenen. 'Als we nog meer poepbewijs vinden, zal ik het verzamelen. Je hoeft alleen maar achter me aan te lopen. Zullen we gaan?' 'Je kijkt te veel televisie', zucht ik. Deze zaak groeit me boven het hoofd.

Hoofdstuk twaalf

Schaduwen? Wat is dat?

In vrijwel elke detectivefilm die ooit gemaakt is, wordt wel iemand geschaduwd. Dit is wat er dan gebeurt: twee mannen zitten urenlang in een auto, ze drinken koffie en werken kilo's koekjes naar binnen. Meestal zitten ze daar alleen maar om elkaar beter te leren kennen. Ze blijven dooreten tot ze tot hun nok toe vol zitten. Opeens schieten ze overeind, de koffie spat in het rond en ze

kijken naar een verdacht uitziende knaap die zojuist
een verdacht uitziende flat heeft verlaten.
Ik heb een beetje moeite met het gewone schaduwen.
Punt één: ik drink geen koffie (want dat ruikt naar
verbrand haar). Punt twee: ik heb geen geld om
koekjes te kopen. Punt drie: ik heb geen auto om in te
zitten terwijl ik me volstouw met liters koffie en dure
koekjes. Dus zonder geld, zonder auto en zonder
koekjes moet ik gewoon mijn uiterste best doen als
detective met zijn tweede officiële zaak... Ik kom zo
langzamerhand om van de honger achter de keurig
geknipte heggen van mevrouw Depeuter. En wat nog
erger is: de enige met wie ik kan praten is Flore, mijn
kleine zusje.
'Dit is nog veel saaier dan een bezoek aan oma', gromt
Flore.
Heb je ooit gezien dat een detective in een film zijn zusje
meeneemt als hij moet schaduwen? Het antwoord is NEE!
Nu weet ik waarom.
'Heb je wel eens gemerkt dat je neusgaten te groot zijn
voor je gezicht?' vraagt ze.
Ik negeer haar gewoon.

'Ik kan met mijn oren wiebelen!' zegt ze. 'Sherlock, kijk eens naar mijn oren. Serieus!'

'Wil je je mond houden?' vraag ik.

Flore wriemelt en wiebelt en zucht een aantal keren luid. 'Goed', fluistert ze. 'Ik denk aan een cijfer ergens tussen nul en oneindig... Raad eens.'

Ik leg mijn hoofd in mijn handen en kreun.

'Je raadt het toch nooit', zegt ze. 'Het cijfer is 312. Rekenen is nooit je beste vak geweest.'

'Ik voel een vreselijke hoofdpijn opkomen', mompel ik. Het blijft heel even heerlijk stil. We kijken

allebei naar het grasveld.
'Kun jij belletjes van spuug
maken?' vraagt ze dan.
Dat is iets wat de grote
Sherlock Holmes niet had:
hij hoefde nooit zijn
irritante kleine zusje mee
te nemen. Ik denk dat hij
daarom zoveel verdraaid

moeilijke zaken heeft opgelost: er was niemand om hem
uit zijn concentratie te brengen.
'Mijn been slaapt', jammert ze. 'En mijn linkerbil ook,
geloof ik!'
'Flore, je maakt me gek!' val ik uit. 'Ga naar huis en haal
iets te eten voor ons! Ik heb zo'n honger dat ik niet aan
twee dingen tegelijk kan denken.'
'Misschien moet je me wel dragen', hijgt ze, terwijl ze
probeert te gaan staan. Nadat ze een paar rondjes heeft
gewankeld met haar slapende been en linkerbil, hinkt ze
weg. 'Veel succes met schaduwen, Sherlock!' roept ze me
toe.
Nu iedereen in de buurt weet dat ik hier zit om te

schaduwen, besluit ik me te verplaatsen. Helaas blijkt de volgende plek die ik uitkies, de slechtste beslissing te zijn die ik in mijn hele 9,5 jaar op deze planeet heb genomen...

Hoofdstuk dertien

Mijn broek beweegt!

Eerst denk ik dat mijn benen slapen, net als die van Flore. Maar hoe ik ze ook neerleg, mijn benen voelen nog steeds heel gek. Het is donker in de schaduw van de stinkende struiken waarin ik me heb verstopt. Daarom duurt het een paar minuten voordat mijn ogen zich hebben aangepast en mijn ergste angst

bevestigen: mijn broek is tot leven gekomen!
Ik knipper met mijn ogen en kijk nog eens. Vreemd
genoeg beweegt mijn broek, maar mijn benen niet.
'Aaaaaah!' gil ik en mep op mijn broek alsof de vlammen
eruit slaan. Ik spring uit de struik en zie dat mijn broek
vol zit met mieren. Duizenden mieren. Miljoenen mieren.
Triljoenen mieren! Dan blijf ik doodstil staan... Ze zitten
ook *in* mijn broek!!!
Ik moet eerst even uitleggen dat ik hysterisch word
als ik mieren zie. Dat is begonnen toen ik eens een
nacht bij mijn mierentheater heb geslapen, omdat ik mijn
favoriete teddybeer, Hank, niet kon vinden.
Middenin de nacht werd ik wakker. Ik zat helemaal onder
de mieren en ben huilend naar de badkamer gehold. Daar
knalde ik met mijn hoofd op de stang waaraan je je
kleren moet hangen. Dertien hechtingen later heeft mijn
vader mijn mierentheater opgezogen. We hebben het er
nooit meer over gehad. Dus nu begrijp je misschien dat
ik een beetje overgevoelig ben voor al dat gedoe met die
mieren in mijn broek.

De volgende paar minuten zijn wat wazig. Maar ik struikel de oprit van mevrouw Depeuter op en ruk mijn broek uit. Net op dat moment komt meneer Depeuter de oprit op na een lange reis naar Singapore. Op de een of andere manier slaag ik erin om zo lang te stoppen met gillen, dat ik naar hem kan zwaaien.

Meneer Depeuter lijkt helemaal niets vreemds te merken. 'Alles goed, Sherlock?' vraagt hij terwijl hij uit zijn auto stapt met zijn vertrouwde diplomatenkoffer in zijn hand. Hij kijkt alsof hij net terugkomt van een zakenreis en alsof er niet een kind met een verwilderde blik zonder broek op zijn oprit loopt. 'Het is een nogal lang verhaal', zeg ik schor. 'Ik werk voor uw vrouw.'

'Juist', zegt hij traag. 'Betaalt ze je veel voor dit soort dingen?'

Hij vraagt het alsof hij in een of andere vergadering zit. Ik

weet niet zo goed hoe ik moet reageren, omdat ik nooit in een vergadering heb gezeten.

'Ik help haar met haar poepprobleem', stamel ik.

'Ik wist niet dat ze dat had', antwoordt hij. 'En met deze dans help je haar met haar poep?'

Zelfs al ben ik in paniek, ik weet wel dat dit niet helemaal goed gaat. Om de zaak nog erger te maken, draag ik mijn *Inspecteur Knip-Oog*-onderbroek.

Inspecteur Knip-Oog was mijn favoriete detective toen ik in het eerste leerjaar zat. Als het maar even kon, keek ik naar zijn tekenfilms. Ik had zelfs een te gekke *Inspecteur Knip-Oog*-dekbedovertrek, maar mijn zusje heeft hem gewassen in haar *For Girls Only-*

wasmachine en daarna was de overtrek flamingoroze.
Daar sta ik dan: een 9,5-jarige in een belachelijke
kleuteronderbroek op de oprit van mijn buurman met
een verhaal over het poepprobleem van zijn vrouw. Als
mijn leven een soap was, zou dit een geweldig moment
zijn voor de reclameboodschappen.
'Ik ga een broek zonder mieren halen!' roep ik en ren
weg als een of andere broekloze gestoorde gek. 'Ik zal
het later wel uitleggen!'
'Ik kan niet wachten tot het zover is!' roept meneer
Depeuter me achterna.
Alsof dit alles nog niet erg genoeg is, hol ik nu terug
naar een huis dat van binnenuit stevig afgesloten is door
de officieuze portier. Ik weet het nog niet, maar ik word
tegengewerkt door mijn altijd chagrijnige, ogenrollende,
broer-afluisterende grote zus, Petra.

Hoofdstuk veertien

Vesting Sherlock en de gemene portiers

'Petra, doe open!' eis ik vanaf de deurmat in mijn *Inspecteur Knip-Oog*-onderbroek.

'Wat je ook komt verkopen, we hebben het niet nodig', hoor ik haar zeggen vanachter de deur. Ze lacht samen met mijn kleine zusje als een soort hyenatweeling. Petra vindt het altijd geweldig om me buiten te sluiten. Als het buiten 100 graden zou zijn en ik zou kunnen sterven van de dorst, zou ze me buitensluiten en denken dat dit de leukste grap op aarde was.

Ik blijf op de deurbel drukken, ook al doet die het al maanden niet meer. Ik weet zeker dat mijn vader hem gaat repareren zodra hij ons overwoekerde grasveld heeft gemaaid.

'Hier krijg je spijt van!' dreig ik, maar daardoor gaan ze alleen nog maar harder lachen.

Ik spring achteruit als de brievenbus opengaat. Er komt een boterham doorheen, die op de deurmat valt. Mijn assistente herinnert zich in elk geval dat ze iets te eten voor me zou halen! Ik gris de boterham weg en kijk wat erop zit.

Pindakaas. 'Hu?' zeg ik stompzinnig. 'Flore, je weet toch dat ik allergisch ben voor pindakaas?' schreeuw ik door het kijkgat. Het huilende gelach dat achter de deur opklinkt, is zo enorm dat ik even denk dat ze

misschien wel flauw zullen vallen door gebrek aan zuurstof.
Ik leg mijn voorhoofd tegen de koele deur en bedenk
weer eens hoe ellendig het is als je allergisch bent voor
pindakaas. Ik weet zeker dat de grote Sherlock Holmes
zich nooit zorgen hoefde te maken dat zijn hoofd zou
uitdijen als een heteluchtballon als hij een pinda at. Ik
ben nog veel allergischer voor wespensteken. Als ik door
een wesp gestoken zou worden terwijl ik een boterham
met pindakaas eet, zou ik vast en zeker ontploffen.
Op zulke momenten vraag ik me wel eens af hoe het
leven er zou uitzien als ik broers had gehad in plaats van
irritante zusjes. 'Misschien verdomd normaal', mompel ik
in mezelf.
Soms stel ik me voor dat ik twee broers heb met echt

stoere namen zoals Dennis en
Bas. Ze zouden me leren
hoe ik hout moet
hakken, hoe ik het
spoor van wilde beren
door het bos moest
volgen en heel ver
moest spugen. Ik stel

me voor dat ik en mijn twee broers cowboykleren zouden
aantrekken en dan alle misdadigers uit de buurt zouden
opruimen. We zouden in de achtertuin olympische sporten
doen en ons talent steeds verder uitbreiden tot topniveau.
We zouden een boomhuis met airco bouwen en...
'Hoi, Sherlock', zegt opeens een stem achter me.
Voor de allereerste keer in mijn leven wordt mijn bloed
echt ijskoud. De Noordpool is er niets bij. Hoe ellendig
mijn leven ook nog gaat worden; dit is een van grootste
dieptepunten. Waarom? Ik werd daarnet giechelend
begroet door Leila Lombaert, het knap-
ste meisje van mijn klas en waarschijnlijk het populairste meisje van de hele
school.
'Ik heb het nogal druk, Leila', zeg ik
zonder me om te draaien.
'Ja, dat dacht ik al', hinnikt ze. 'Ben
je je huissleutel kwijtgeraakt toen je je
broek verloor?'
'Welke broek?' zeg ik, alsof het doodnormaal
is om in je onderbroek op de deurmat te
staan.

61

'Of probeer je de deur open te maken met je boterham?'
vraagt ze en heeft nu echt lol om zichzelf.

Ik zou willen dat ik deze dag helemaal kon overdoen.

'Dat is toch geen *Inspecteur Knip-Oog*-ondergoed, wel?'
vraagt ze zacht.

Bij nader inzien zou ik misschien liever mijn hele leven
willen overdoen.

Op dit moment heb ik me nog steeds niet omgedraaid
en je zou denken dat iemand die zo slim en zo populair
is als Leila Lombaert de hint dan toch wel begrepen zou
hebben. Namelijk dat ik op dit ogenblik niet veel zin heb
in een praatje.

'Eh,' zeg ik alsof ik een of andere onderbroekdragende
Frankenstein ben, 'Eh, ik zit in een of ander zaak...'

'Mijn broer vindt je leuk!' roept Flore door de brievenbus.
Ze roept het zo luid dat ik bijna geen adem meer kan
halen. 'Sherlock wil met je trouwen!' klinkt dan nog een
andere stem uit de brievenbus. Er wordt nog harder
gelachen en gegiecheld aan de andere kant van de deur.
Ik kan echt nooit meer dit huis verlaten.

'Dat zijn mijn stomme zussen', zegt ik en draai me snel
even om. Maar Leila Lombaert is weg. Ze is verdwenen.

Er is geen spoor van haar te zien. Ze is waarschijnlijk weggefietst om het verhaal te vertellen aan het *Kipdorps Nieuwsblad*, zodat het morgen breeduit in de roddelrubriek staat.

En dan herinner ik me opeens een vergeten deur. En ik weet zeker dat mijn zusjes vergeten zijn die op slot te doen. Er is geen tijd te verliezen. Ik moet deze zaak opgelost hebben voor het eten... en ik krijg het koud.

Hoofdstuk vijftien

Onwrikbaar

Mijn oma heeft ooit eens tegen me gezegd dat mijn
dikke hoofd kenmerkend voor me is. Mijn oom Michiel
zegt graag dat mijn hoofd in geval van nood kan worden
gebruikt om op te drijven. Zelfs juffrouw Babbelboom
klaagt dat ik een abnormaal dikke schedel heb.
Ikzelf daarentegen heb altijd gedacht dat mijn
buitengewone talent voor het oplossen van mysteries het
gevolg is van bijzonder veel hersenen.

64

Hoe dan ook, mijn overgrote hersenpan drukt zwaar op me terwijl ik naar het oude hondenluikje van Elvis loop. Ooit hadden we een hond, Elvis. Vraag me niet waarom hij Elvis heette. Ik heb die naam niet verzonnen. Ik herinner me nog dat telkens als Elvis door zijn hondenluikje ging, mijn vader tegen niemand in het bijzonder riep 'Elvis heeft het gebouw verlaten!'. Elvis liep uiteindelijk een tijdje geleden weg en verliet het gebouw voorgoed, misschien wel omdat hij de kriebels kreeg van al dat 'praten tegen planten'-gedoe.

Ik steek eerst mijn voeten door het Elvisluikje. Ik heb namelijk bedacht dat tegen de tijd dat ik mijn hoofd erdoor moet wurmen, ik aan de zijkant stootkracht heb en de rest van mijn lichaam mijn hoofd er op de een of andere manier wel door zal halen.

Ik heb me ongelooflijk vergist.

Ik kom onbeweeglijk klem te zitten op het moment dat ik mijn oksels door het kleine luikje wurm. Ik stop met mijn pogingen om me verder naar binnen te wringen en probeer terug te gaan. Ik wriemel. Ik worstel. Ik wring. Maar ik zit vast in het hondenluikje als een hoorapparaat in het oor van een ouwe man.

Dan raak ik totaal in paniek. Maar zelfs met schoppen en spartelen als een vis op het droge lukt het niet. Ik zit helemaal vast en mijn oksels doen gemeen pijn.

Ik probeer wat rustiger te worden en bedenk wat de grote Sherlock Holmes in zo'n situatie zou doen. Al snel begrijp ik dat hij niet zo dom zou zijn geweest om zonder broek vast te komen zitten in een hondenluikje.

'Hé, Sherlock, ik heb vandaag met Frans De Bakker, de trainer, gesproken', hoor ik mijn vader binnen zeggen.

'Eh... geweldig', piep ik.

'Hij zegt dat hij je vandaag over straat zag hollen alsof je leven ervan afhing', zegt hij vanaf zijn kant van de deur.

'Daar heeft hij gelijk in', hijg ik en kronkel als een stervende worm aan een haak.

'Hij vindt dat je een natuurlijke snelheid hebt, die niet aan te leren valt', zegt hij.

'Een zekere dood maakt dat je wel wilt lopen', zeg ik.

'Dat is toch niet je *Inspecteur Knip-Oog*-onderbroek, wel?' vraagt hij.

'Pap, hallo! Nieuwsflits! Ik zit klem in dit luikje!' roep ik.

'Dus heb ik je opgegeven voor de atletiekgroep van trainer De Bakker', zegt hij luchtig en negeert mijn roep om hulp.

'Pap, daar kom ik hoe dan ook te laat', kreun ik. 'Deze deur zal me namelijk tegenhouden. Wil je me alsjeblieft hieruit halen?'

'Oh jee, je zit een beetje vast', lacht hij. 'Gaat het?'

'Het is niet leuk als je wordt opgegeten door een deur', kras ik.

Achterwerk van mijn rare broer

Twintig minuten en een halve fles olijfolie later glijd ik uit het Elvisluikje en kom op de grond terecht als een of andere vettige pasgeboren pony. 'Sherlock heeft het gebouw verlaten!' hoor ik mijn vader van binnen blèren.

Mijn zusje Flore heeft haar *For Girls Only*-camera gebruikt om mijn redding vast te leggen. 'Waar is het fotoalbum?' roept ze naar mijn moeder, die aan de telefoon druk zit te praten met een uitzinnige vareneigenaar. Flore glimlacht vals naar me terwijl ze haar camera omhooghoudt. 'Sherlock, wist jij dat lenen zonder vragen ook wel stelen heet?'

'Misschien kunnen we het adres van Leila Lombaert in het telefoonboek opzoeken. Dan sturen we haar een van deze schattige spontane foto's', zegt Petra met een giechel, als ik langs haar heen strompel.

Ik stuur Petra en Flore mijn dubbeluitdagende,

oergemene dreigende blik met gammastraling.

'Bedankt, papa!' grom ik en wrijf de olijfolie in mijn rode oksels, terwijl ik als een soort waanzinnige wilde beer mijn zusjes in de gaten houd.

'Nu moet ik het mysterie gaan oplossen en ik heb nog maar een uur voordat we gaan eten', zeg ik, terwijl ik in mijn ondergoed en met mijn vette huid langs mijn moeder heen loop.

Hoofdstuk zestien

Achteruit, ik ga in de aanval!

Snoopy
Lijkt koel! Kan over laag gebouw springen!

Als er geen schot in deze zaak komt, ben ik al opa tegen de tijd dat ik er daadwerkelijk in geslaagd ben om ze op te lossen.

Ik ga op mijn bed zitten en maak snel een nieuwe lijst met verdachten. Ik doorstreep alle namen van verdachten die ik onmogelijk acht. Nu blijven er nog een paar over die ik moet onderzoeken. Fred, Snoopy en Ted blijven over als mogelijke wildpoepers. Ik streep Kiekeboe weg, want hij heeft het veel te druk met blaffen en beveiligen als de Meulemaekers de stad uit zijn (of de planeet af zijn).

Snoopy is de beste verdachte om mee te beginnen. Hij ontsnapt een aantal malen per week en je ziet hem vaak op zijn eigen houtje door de buurt zwerven. Er is echter één probleem: Snoopy woont in het huis van Leila Lombaert.

De gedachte dat ik bij Leila Lombaert moet aanbellen, zo vlak nadat ze me in mijn *Inspecteur Knip-Oog*-onderbroek heeft zien staan, maakt me niet heel blij. Maar zoals een goede detective betaamt, besluit ik dat ik moet doen wat het beste is voor de voortgang in mijn onderzoek. Ik vraag mijn moeder om de moeder van Leila te bellen.

'Geen denken aan', zegt mijn moeder. 'Die vrouw is nog altijd van slag door jouw vulkaan-act!'

Dat is weer een heel ander gedoe, dat ik even zal uitleggen...

Ik was een paar maanden geleden bezig met een van die vreselijke groepsprojecten, samen met Eddie en Leila

Lombaert die ook in mijn groep zaten. We besloten om iets met vulkanen te doen. Ik zou een vulkaan op schaal bouwen, Leila Lombaert zou uitleggen wat er gebeurt bij een uitbarsting en Eddie zou luide vulkaangeluiden en zo maken, terwijl ik de vulkaan liet werken.

Helaas wist ik niet dat onze hond, Elvis, de avond voor de presentatie aan de elektrische draden had geknaagd.

Dus net toen Leila Lombaert haar verhaal begon en Eddie diepe, rommelende geluiden maakte met zijn oksel, smolt mijn batterij en kwamen er steekvlammen uit waardoor er een groot, zwart, stinkend gat in het bureau van juffrouw Babbelboom brandde.

Ik vond het niet zo erg, maar een van de hulpverleners zei dat een paar vonken gaatjes in de schoenen van Leila Lombaert hadden gebrand.

Mevrouw Lombaert was dus al niet te vriendelijk tegen mij en mijn familie, omdat ik Leila in gevaar had gebracht, ook al was het eigenlijk Elvis, de dradeneter, die bijna de school in de fik had gezet. Niet ik.

Alleen al het idee dat ik naar Lombaert moet bellen, geeft me het gevoel dat er gestolde lava in mijn maag zit, die er via mijn mond uit komt zodra ik 'hallo' zeg.

Maar zoals een bekende knul ooit zei: wat moet, dat moet. Dus haal ik diep adem en tik het nummer in.

Hoofdstuk zeventien

Leo de tank

Verscholen achter een verlepte kamerplant in de
woonkamer luister ik hoe de telefoon een keer overgaat,
dan nog een keer. Net als ik zeker weet dat ik na de
derde keer in aanmerking kom voor de Medaille voor
Dapper Gedrag, wordt de telefoon opeens aangenomen.
'Hallo!' buldert Leo Lombaert, de lompe oudere broer

van Leila Lombaert en de gemeenste kerel die ooit de Kipdorper School binnengewandeld is.

'Is Leila thuis?' vraag ik met verdraaide stem.

'Allemachtig!' blaft Leo. 'Het is Sherlock, de menselijke vlammenwerper! Wil je nu jullie eigen huis affikken, monster dat je bent?'

'Nee, ik wil alleen Leila spreken. En wel snel!' zeg ik nu weer met mijn eigen stem.

'Ze heeft het heel druk. Ze kijkt naar een of ander walgelijk programma over kikkers met drie poten', zegt hij en snuift luid.

'Het is maar een korte vraag over een of andere poep waarnaar ik op zoek ben', antwoord ik.

'Je bent op zoek naar poep? Jij bent echt niet goed bij je hoofd!' roept hij uit. Hij gooit de telefoon met een luide knal neer en ik hoor hoe hij door de hal loopt. 'Het is die vulkanenvent voor Leila!'

'Wat wil hij?' hoor ik mevrouw Lombaert sissen.

Op dat moment besluit

ik dat tien euro dit alles niet waard is.

'Hoi Sherlock', zegt Leila als ze eindelijk de telefoon oppakt.

'Het spijt me dat ik je lastigval tijdens dat programma over die kikkers met drie poten', mompel ik.

'Geeft niet', zegt ze.

Hoewel ze de slimste van onze klas is, zegt Leila Lombaert altijd 'geeft niet'. Het is haar favoriete uitspraak. Ik weet nooit zeker of ze nu bedoelt 'Ik heb geen tijd om me met een halvegare als jij bezig te houden' of 'Niets aan de hand, dus maak je er geen zorgen over'. Hoe dan ook, ik heb besloten dit gesprek af te ronden voordat mevrouw Lombaert besluit de brandweer te bellen.

'Leila, mevrouw Depeuter heeft gevraagd of ik wil uitzoeken welke hond in haar voortuin poept', zeg ik snel. 'Denk je dat het jullie hond kan zijn?'

'Snoopy?' vraagt ze. 'Nou, mijn vader heeft hem een paar dagen geleden meegenomen om ergens te gaan jagen.'

'Ah', zeg ik als een waar genie. 'Ah', zeg ik weer om extra briljant over te komen. 'Dat betekent dat het Snoopy niet kan zijn. Hij gaat vrijuit.' Ik zet een streep door de naam van Snoopy op mijn lijstje van verdachten. Nu begint het op te schieten!

'Geeft niet', zegt ze.

'Het spijt me van daarstraks', zeg ik en staar naar het plafond.

'Geeft niet', zegt ze.

Wauw! Ze maakt helemaal geen punt van dat gedoe met die onderbroek.

'Ik hoop dat je die drollenlegger snel vindt', zegt ze.

'Die is gek!' roept haar broer op de achtergrond.

'Tja, de enige verdachten die ik nu nog op mijn lijstje heb, zijn Ted en Fred.'

'Het kan Ted niet zijn', lacht Leila. 'De familie Matthijsen is vorige maand verhuisd.'

'Echt waar?' zeg ik. 'Dat heeft niemand tegen me gezegd! Dat betekent dat het alleen nog maar...'

'En Fred heeft twee dagen geleden puppy's gekregen.'

'WAT?' Ik piep alsof ik een harmonica heb ingeslikt.

Ik kijk verbouwereerd naar mijn lijstje verdachten.

Hoe kan een hond die Fred heet puppy's krijgen?'

'Fred is de afkorting van Frederica', antwoordt ze.

'Oh', zeg ik zacht. 'Dit is ongelooflijk... afschuwelijk... schokkend nieuws!'

'Geeft niet', zegt Leila. 'Weet je, Sherlock, maak je niet druk... Ik keek ook altijd naar *Inspecteur Knip-Oog.*'

'Geeft niet', zucht ik en ik leg de telefoon rustig neer.

Ik staar naar het toestel. Het lijkt wel of ik daar al 112 jaar zit.

Ik ben terug waar ik begonnen ben. Ik ben reddeloos verloren. Ik zit tot over mijn nek in de problemen.

Het ergste is dat ik geen verdachte meer overheb en dat we over twintig minuten gaan eten.

Hoofdstuk achttien

Als het niet lukt, moet je misschien stoppen

Na alles wat ik heb gedaan, heb ik nog altijd geen idee wie er op het prachtige, tapijtachtige grasveld van mevrouw Depeuter poept. Er moet nu echt een doorbraak komen, en snel ook.

Ik loop door de hal naar mijn slaapkamer als een levend lijk. Van mijn ribben en uit mijn oksels stijgt de geur van olijfolie op en dat doet me eraan denken dat ik heel veel honger heb. Ik laat me op mijn bureaustoel vallen en schrijf alles op wat ik tot nu toe heb ontdekt.

Dat duurt niet zo heel lang. Om precies te zijn duurt het maar acht seconden.

In elke detectivefilm bekijkt de hoofdpersoon nog eens al het bewijs dat hij heeft verzameld en kijkt dan goed of hij misschien iets heeft gemist. Een klein stukje informatie dat hij over het hoofd gezien heeft. Een feitje dat niet klopt. Een aanwijzing die in de verkeerde lade terechtgekomen is. Meestal begint hij er rond die tijd uit te zien als een weerwolf, omdat hij zich al zeven en een halve dag niet geschoren heeft. Hij struikelt over de ontbrekende aanwijzing, gaat rechtop zitten en roept 'Hoe heb ik zo stom kunnen zijn?'

En ik? Ik zit maar achter mijn bureau en mompel 'Hoe heb ik zo stom kunnen zijn dat ik deze achterlijke zaak aangenomen heb?'

Ik bekijk nog eens de drie foto's van de geheimzinnige hondenpoep, mijn poepmap en mijn lijst van verdachten.

Ik moet de feiten onder ogen zien: ik ben uitgepoept.

'Ik hoorde dat mevrouw Depeuter de telefoon op de haak gooide.'

Dat is Flore. Ze steekt haar hoofd om de hoek van mijn kamerdeur. Net zoals de meeste zusjes voelt Flore het altijd perfect aan als ik alleen wil zijn. Binnen een paar seconden zorgt ze dan dat ze dichtbij genoeg komt om me van de wijs te brengen. 'Wie heeft dat gezegd?' vraag ik zonder haar aan te kijken.

'Mama', zegt ze en ze loopt nonchalant naar mijn bureau. 'Ze zegt dat je hebt geprobeerd om haar om de tuin te leiden en dat je bleef praten aan de telefoon. Maar mama is er niet in getrapt.'

'Kan ik je ergens mee helpen?' vraag ik en probeer mijn ogen net zo te laten rollen als Petra altijd doet.

'Ik hoorde ook dat mevrouw Lombaert denkt dat je hebt geprobeerd haar dochter op te blazen',

zegt ze. Ze pakt mijn *Inspecteur Knip-Oog*-puntenslijper en laat die van haar ene hand in de andere gaan.

'Hé, dat is een zeldzaam verzamelobject', zeg ik en pak de puntenslijper uit haar handen.

'Oei, dat wist ik niet', zegt ze. Ze doet alsof ze helemaal niet merkt dat ze me ongelooflijk irriteert. 'Papa zegt dat hij je heeft ingeschreven voor het atletiekteam van Frans De Bakker, omdat hij bang is dat je een beetje vreemd begint te worden.'

'Nee!' snauw ik meteen. 'Het was het plan van Frans De Bakker. Hij denkt dat ik een natuurlijk soort snelheid heb, die je niet kunt leren.'

'Kennelijk kun je beter lopen dan mysteries oplossen', zegt ze en ze bekijkt mijn gezicht door een van mijn vergrootglazen. 'Je moet misschien eens naar de dokter met die neusgaten.'

Ik gris het vergrootglas uit haar handen. 'Flore, het is nog maar mijn tweede officiële zaak als detective en het gaat niet zo geweldig! Dus als je niets aardigs weet te zeggen, zeg dan helemaal niets!'

Ze zwijgt even en denkt een ogenblik na. 'Het spijt me van die boterham met pindakaas. En dat ik tegen Leila Lombaert heb gezegd dat je verliefd op haar bent. En dat ik die foto heb gemaakt toen je in je onderbroek vastzat in dat luikje.'

'Je hebt me geweldig geholpen', zeg ik en ik wrijf over mijn voorhoofd als ik denk aan alle missers van vandaag. Ik overweeg om naar mevrouw Depeuter te gaan en de zaak terug te geven. Ik overweeg om naar Eddies huis te gaan voor een snel spelletje *Wraak in Venetië!* Ik overweeg zelfs om mijn vergrootglas voor altijd in de kast te zwieren.

'Weet je nog wie je heeft geleerd om een overzicht te maken?' vraagt Flore terwijl ze mijn poepmap pakt.

'Jij', kreun ik. Ik weet zeker dat deze manier van vragen alleen maar bedoeld is om me nog meer te irriteren en me nog ellendiger te doen voelen.

'En wie heeft je de namen van alle planeten geleerd?'
vraagt ze.

'Jij', zucht ik.

'En wie leerde je de namen van de hoofdsteden van
Europa?' vraagt ze.

'Jij,' antwoord ik, 'maar ik ben de meeste vergeten.'

'Dat bedoel ik nu', zegt ze.

Ik zak in mijn stoel. 'Je bedoelt dat dit opbeurende
praatje een doel heeft?'

'Kijk Sherlock, ik ben goed in sommige dingen en jij
bent goed in andere dingen', zegt ze. Ze wijst naar me
met mijn poepmap. 'Ik ben goed in dingen waarvoor
ingewikkeld denkwerk nodig is, zoals wiskunde en
spelling en dingen onthouden en gewoon doen. Jij bent
goed in het creatief oplossen van problemen en je
fantasie gebruiken om al die rare ideeën in je hoofd te
proberen. Jij hebt dus een zeldzaam talent om te zorgen
dat je in een deur vast komt te zitten of andere
geschifte situaties waaraan ik niet eens zou denken.'

'Dat laatste had je niet hoeven zeggen, vind je wel?' zeg
ik en schud mijn hoofd.

'Je moet niet meteen zo chagrijnig en gestoord reageren', zegt ze en ze loopt naar de deur. 'Je zult er wel uitkomen. Het lukt je altijd.'

'Waar ga je naartoe?' vraag ik.

'Ik kijk naar een documentaire over kikkers met drie poten en ik kwam alleen maar even hier om iets te doen te hebben tijdens de reclame', zegt ze en ze doet langzaam de deur dicht. 'En mama vroeg of ik tegen je wilde zeggen dat we over een kwartier gaan eten.'

'Je bent een geweldige assistente', kreun ik.

'Hé, als je nu helemaal mislukt als detective, kun je nog altijd je talenten als hardloper gebruiken als pizzakoerier', giechelt ze en gooit de deur dicht voordat ik nog iets kan zeggen.

Ik vraag me af of kleine zusjes bij iedereen altijd het laatste woord hebben. Maar ze heeft wel gelijk. Ik slaag er altijd in om dingen op de een of andere manier op te lossen. Ik zal tot de bodem gaan. Ik heb alleen een beetje geluk nodig.

En dan krijg ik de gelukkige inval waar ik de hele dag al op heb zitten wachten...

Hoofdstuk negentien

Het topje van de ijsberg?

In detectivefilms op de televisie moet de hoofdpersoon soms toegeven dat hij niet in staat is de zaak op te lossen. En net als hij zijn versleten jas van de rugleuning van zijn stoel trekt om naar huis te gaan om een lang weekend in zijn eigen stommiteit te sudderen, krijgt hij een telefoontje dat de zaak openbreekt als een zonnestraal de morgen.

Ten eerste klinkt de beller als een halvegare, een of andere sul die probeert de detective gek te maken. Maar dan, als zijn ogen uit zijn hoofd puilen als hardgekookte eieren, begrijpt de detective dat dit de tip is waarop hij zat te wachten. De muziek wordt op dit punt veel luider en de

detective spurt de deur uit om de zaak op te lossen. Mijn belangrijkste tip (net zoals al die belangrijke tips die je op de televisie ziet) komt van de allerlaatste persoon op deze aarde van wie je zou verwachten dat hij je zou bellen met een belangrijke tip.

'Hallo', zeg ik als ik de keuken binnenstap en de telefoon overneem van mijn moeder.

De geur van warme spaghettisaus is nu zo sterk dat mijn knieën bijna knikken. Ik heb zo'n honger dat ik gemakkelijk zou kunnen flauwvallen. Omdat ik niet wil dat dat gebeurt en ik misschien een gat in mijn hoofd zou vallen tegen een stoel of zoiets, struikel ik naar het oerwoud dat ooit onze woonkamer was.

'Sherlock, met mij, Eddie!' buldert de stem van mijn beste vriend.

'Ik heb nu geen tijd voor videospelletjes,' zeg ik.

'Sherlock, ik heb je mysterie opgelost!' roept hij.

'Waar heb je het over?' gil ik.

'Ik zag daarnet een hond loslopen in de buurt', zegt hij. 'Hij ziet eruit als een poepmachine.'

'Hoe ziet een hond eruit als hij eruitziet als een poepmachine?' schreeuw ik.

'Dat weet ik niet', antwoordt Eddie. 'Maar hij zag eruit alsof hij uit was op moeilijkheden. Er was iets in zijn staart dat hem extra eng maakt.'

'Van wie is die hond? En waar is hij nu?' brul ik in de telefoon. Ik vergeet voor een moment mijn rammelende maag.

'Ik weet niet van wie die hond is, maar hij komt jouw kant uit!' zegt hij.

'Ga vlug naar buiten en vang hem voor me. Ik ben er binnen een halve minuut!' zeg ik.

'Dat kan echt niet', zegt hij. 'Ik moet met mijn oma kijken naar die documentaire over die kikkers met drie poten...'

Ik hang op en grom van teleurstelling. Dan hol ik zo hard ik kan naar de deur. Nu is het moment om oog in oog te staan met mijn mysterieuze drollenlegger.

'We gaan over tien minuten eten!' roept mijn moeder me achterna net voordat de deur dichtvalt.

Mijn maag gromt als een beduusde gorilla in een kartonnen doos.

Hoofdstuk twintig

Lopen, Joe, lopen!

Eddie woont een eindje verderop, onze straat door en dan de hoek om. Mijn snelste tijd ooit tot zijn huis was 37 seconden, maar vandaag weet ik dat ik het kan halen in dertig seconden rond.

Mijn onderwijzeres, juffrouw Babbelboom, heeft eens verteld over een of andere oude Romein, Mercurius, die sneller was dan alles en iedereen. Natuurlijk waren de

Romeinen helemaal weg van hem, omdat hij zo ongelooflijk snel was. Goed, in ons werkboek staat een afbeelding van die vent, die Mercurius, en hij had vleugeltjes gekregen. Die groeiden uit zijn hoofd en uit zijn enkels! Ja, wie loopt er nu niet snel met een stel extra vleugels? Dat is gewoon oplichterij! Dat is hetzelfde als pochen dat je zo'n enorme pizza kunt eten als je een mond hebt ter grootte van een bank. Hoe dan ook, ik denk dat ik vandaag die Mercurius er zelfs af zou lopen, al had hij vleugels als pannenkoeken op zijn hoofd en aan zijn stinkende voeten.

Terwijl ik loop te dagdromen hoe ik die Mercurius eraf zou lopen, komt trainer De Bakker langs.

'Ga door, Sherlock!' brult hij vanuit het raampje van zijn auto. 'Zo ziet de eerstvolgende kampioen van België eruit!'

Kampioen van België? Dat klinkt wel goed. Het klinkt veel indrukwekkender om in het hardloopteam te zitten dan om poepmysteries op te lossen.

Terwijl ik verder spurt, denk ik alvast na over bijnamen.
Wat past bij me in mijn carrière als hardloper? Snelle
Streep? Bliksemstraal? Wie weet, denk ik zelfs heel even,
de Gasvlam.

Natuurlijk moet er nog aan die namen geschaafd worden,
maar ik zit in de goede richting. Ik beslis wel tegen de
tijd dat ik inderdaad in het team van Frans De Bakker
meeloop. Ik laat mijn benen gewoon beslissen. En die
staan op het punt te gaan schreeuwen...

Want wat er van de andere kant op volle ramkoers op me
afkomt, is geen hond die eruitziet als een poepmachine.
Het is Hajo, de nieuwe hond van Knop. En hij heeft meer
weg van een kindervreetmachine!

Terwijl ik me omdraai en loop zo hard ik lopen kan,
bedenk ik even dat ik mijn beste vriend Eddie ga
wurgen.

Hoofdstuk eenentwintig

Dierlijke instincten

VECHTEN
OF
VLUCHTEN-
AFDELING

Mijn vader heeft me ooit eens verteld dat er in je hersenen een deel zit, ongeveer ter grootte van een hockeybal, dat onze dierlijke instincten controleert. In feite is het dat deel van de hersenen dat de eerste mensen hielp om te overleven in een wereld voordat diepvriezers en digitale televisie bestonden. 'Dit deel gaat over 'vechten of vluchten', zei hij en tikte op de achterkant van mijn hoofd. 'Het is het enige deel van de hersenen dat mensen gemeen hebben met ezels en fretten en dergelijke diersoorten.'

Ik had geen idee waar hij het over had. Maar nu wel.

De hockeybal in mijn hersenen staat nu in de vluchtstand en mijn benen gaan zo snel als de vleugels van een kolibrie.

Het vechtdeel van mijn hockeybal lijkt niets te doen, omdat ik aan niets anders kan denken dan aan hollen.

Hajo is in de buurt al snel een legende geworden. Leo Lombaert heeft me een keer verteld dat een postbode is verdwenen, nadat hij de post bij Knop had gebracht. Zomaar. Op mysterieuze wijze en zonder enig spoor achter te laten. Het gegrom achter me maakt dat ik dat verhaal op dit moment zonder meer geloof.

Heel even denk ik dat ik zelfs Hajo's adem kan ruiken. Die ruikt zelfs viezer dan de boeren van mijn vader als hij te veel van de gegratineerde aardappelschotel heeft gegeten.

Conclusie: Hajo komt snel dichterbij.

Zou de geur van olijfolie op mijn huid een razende honger in hem aanwakkeren?

Ik ben te ver van huis om daar een veilig onderkomen te

zoeken (en mijn zusjes zouden me waarschijnlijk weer buitensluiten). Het huis van Eddie is de andere kant op. Dus probeer ik een afleidingsmanoeuvre.

Ik schiet de oprit van Van Casteren op en hol door de sproei-installatie heen. Ik spring over een stuk of wat

keurig geknipte heggetjes. Ik kegel zelfs per ongeluk een grote stenen vogeldrinkbak om, maar Hajo zit me nog altijd op de hielen.

Voor me zie ik het witte paaltjeshek van mevrouw Depeuter. Misschien geeft dat enige bescherming. Ik heb niets te verliezen... behalve dan mijn armen en mijn benen!

Dus neem ik de sprong van mijn leven, draai me om en door de latjes van het hek zie ik dat Hajo nog maar een meter van me verwijderd is. Hij komt snel naderbij voor de genadeslag.

Hoofdstuk tweeëntwintig

Alarmbellen

Heb je wel eens gekeken naar een van die documentaires op de televisie waarbij een of andere halvegare in een kooi onder water zit, waarbij dan een enorme haai als een dolle op hem af komt met zijn bek wijdopen en alle 364 vlijmscherpe tanden klaar om toe te slaan?

Daar denk ik aan terwijl ik wacht tot mijn leven voor mijn ogen voorbijtrekt. Maar dat gebeurt niet...

Omdat Hajo voorbij dendert.

Hij knalt niet door het hek. Hij zet niet zijn tanden in me alsof ik een lappenpop ben. Hij laat zijn grote tanden niet blikkeren. Hij kijkt zelfs niet eens naar me.

Hij is gewoon weg. Er hangt alleen nog een vage zweem van aardappelschotel met honing in de lucht. Dat is alles. Mijn hart gaat tekeer als een kat in een papieren zak. Maar ik ben in veiligheid. Ik ben nog heel.

Dus waarom hoor ik nu alarmbellen rinkelen? Heeft iemand de politie gebeld? Is er een brandweerwagen onderweg om mij te redden?

Dan dringt het tot me door dat het de bel is die mijn moeder altijd luidt als we gaan eten. Zelfs na mijn bijna-dood-ervaring vind ik het geluid van die bel nog altijd irritant.

Als het eten klaar is, loopt mijn moeder altijd naar de voordeur en laat de koebel rinkelen, zodat mijn zusjes en ik weten dat we gaan eten. Maar ze laat dat rotding ook rinkelen als we al aan tafel zitten. Ze zegt dat het op de boerderij van haar ouders traditie was. Dat het nog iets is uit haar jeugd. Op een boerderij is het niet zo gek als er een koebel wordt geluid als je gaat eten. Maar in een

buurt met mensen als Leo Lombaert kun je net zo goed een bord op je buik hangen met IK BEN EEN ENORME OEN. JE MAG ME HEEL HARD OP MIJN ACHTERSTE TIMMEREN.

'Die koebel en al dat geklets tegen die planten,' heeft Eddie eens tegen me gezegd, 'volgens mij is je moeder hartstikke gek.'

Ik sta een beetje wankel op mijn nu elastieken benen en houd mezelf overeind tegen het hek van mevrouw Depeuter. Dit is me het dagje wel. Dit is een ongelooflijke, totale en bijzondere ramp zonder...

En op dat moment hoor ik het... een huiveringwekkend, schrapend geluid dat de haren in mijn nek overeind doet staan.

Ik draai me in paniek om. Er is niemand. Alleen dat spookachtige, schrapende geluid dat klinkt alsof het van een andere planeet komt.

En dan bedenk ik opeens dat die poep op het grasveld van mevrouw Depeuter misschien wel afkomstig is van de geest van Elvis!

Mijn oude hond is teruggekomen om in de buurt rond te spoken!

HAJO
Goede eter! Let op: heeft een grote boodschap. Een hele grote boodschap!!!

Hoofdstuk drieëntwintig

Een spook!

Als ik de witte schim zie die zachtjes over de oprit aan komt zweven in de schemering, staat mijn hart stil.

Mijn hockeybal tolt achterover.

Mijn lichaam bereidt zich voor op een schreeuw die zo luid is, dat alle auto-alarminstallaties in de buurt zullen afgaan.

Maar de schreeuw blijft in mijn keel steken.

De witte schim danst over het grasveld. Hij begint

rondjes te draaien als voorbereiding op wat honden altijd op een grasveld doen. Dan dringt het tot me door dat ik niet kijk naar de geest van Elvis... ik kijk naar de hond van mevrouw Depeuter, ik kijk naar Bengel.

'Wel alle...', mompel ik. Ik wankel een paar stappen achteruit en knipper nog eens in een poging te begrijpen wat dit precies betekent. Het is net alsof de computer in mijn hoofd uitgegaan is en ik wacht tot hij opnieuw opstart.

Ik kijk over mijn schouder om zeker te weten dat het hek dicht is. Dat is zo. Mijn blik glijdt langs het hek op zoek naar mogelijke openingen die ik eerder niet heb gezien. Die zijn er niet. 'Mevrouw Depeuter?' roep ik met een hoog stemmetje, dat ik niet herken als mijn eigen stem. Er komt geen antwoord.

Op dit punt begint het in mijn hoofd te tollen en voor mijn ogen verschijnt een vreemde mengeling van witte paaltjes, prachtig groen gras en dampende hondendrollen.

Opeens klikt het in een afgelegen stukje aan de achterkant van mijn hersenen. Ik herstart. Mijn hoofd tolt niet langer. In plaats daarvan klikt het.

103

Ik doe een aantal zorgvuldig gerichte stappen over het grasveld in de richting van het hek. Opeens weet ik waar ik naar zoek. En dan zie ik het! In een donker hoekje onder de struiken zit het begin van een kleine tunnel. Natuurlijk! Het schrapende geluid dat ik daarnet hoorde, was inderdaad Bengel, die door een tunnel kruipt. Bengel

heeft een geheime tunnel die vanuit de achtertuin van mevrouw Depeuter onder het hek door loopt en direct in de omheinde voortuin uitkomt.

Ik kijk hoe Bengel doet wat ze moet doen en dan, vlak langs me, op een drafje teruggaat naar de tunnel. Ze verdwijnt in de tunnel en gaat terug naar de achtertuin van mevrouw Depeuter.

De tunnel is niet verder dan een meter verwijderd van de plek waar ik een paar uur eerder heb zitten schaduwen. Dat was toen de mieren het op me gemunt hadden. Ik weet niet zeker of ik nu moet lachen of moet huilen. Heel even hang ik ertussenin.

Dan schiet ik in de lach. Mijn zaak is opgelost. Ik heb mijn tweede officiële zaak als detective afgerond!

Hoofdstuk vierentwintig

Zaak gesloten

Mevrouw Depeuter is nog veel verbaasder dan ik. Ze gelooft me zelfs niet eens tot ik haar de tunnel laat zien. Ze rammelt haar man wat toe. Hij moet een schep uit de garage halen en de tunnel dichtgooien. Ze rammelt wat rondjes en kleppert tegen zichzelf. Dan beseft ze dat ik er ook nog altijd sta.

Nadat meneer Depeuter een biljet van tien euro tevoorschijn heeft gehaald, piept mevrouw Depeuter dat ze me een prettige avond wenst. En ze vraagt me ook nog om dit voorvalletje onder ons te houden.
Ik knik.
Als ik weg wil gaan, houdt meneer Depeuter me tegen. 'Goed gedaan, Sherlock', fluistert hij glimlachend en geeft me een knipoog. Hij drukt me snel nog een biljet van tien euro in de hand. 'Dat is de fooi omdat je het zo goed hebt gedaan.'
'Dank u wel', zeg ik. Ik vouw de twintig euro zorgvuldig op en berg ze weg. Daarna hol ik weg om dit te vieren met een paar flinke borden spaghetti.

Als ik nu terugkijk, lijkt het alsof ik deze Stinkende Zaak veel eerder had kunnen oplossen. Maar ik ben een nieuweling in het detectivewerk en heb nu geleerd dat elke zaak zijn eigen beloop heeft. En als je maar volhoudt en je ogen gericht houdt op het doel, dan komt het antwoord je op een zeker moment in de schoot vallen. En als je geluk hebt, ben je dan ook nog op tijd thuis voor het eten!

Joe Sherlock lost nog meer zaken op!

Het mysterie van het spookschuurtje

De frisgroene tapijtachtige voortuin van mevrouw
Depeuter wordt ontsierd door stinkende hoopjes
hondenpoep. Maar wie is de schuldige? Ten einde raad
schakelt mevrouw Depeuter Joe Sherlock in. Die neemt
de zaak met beide handen aan, maar lukt het hem om ze
op te lossen voor het avondeten? Het bewijs bevindt zich
letterlijk onder Joe Sherlock's neus, maar ook het gevaar
wacht om de hoek!

ISBN 978 90 02 23853 6

De verdwenen apenoog-diamant

Hoe kan een trouwring met een diamant zo groot als een apenoog plots verdwijnen? Zal hij teruggevonden worden voor de familie van de bruid er lucht van krijgt? Of moet het huwelijk afgeblazen worden? Meneer Van Casteren, de buurman van Joe Sherlock en vader van de bruidegom, is ten einde raad. De jongste detective van Kipdorp moet redding brengen, maar hij moet afrekenen met een zwakke maag en een onmogelijk tijdschema.

ISBN 978 90 02 23855 0